CW01655697

Attention ! Attention !
Caroline et ses petits amis
s'apprêtent à partir en voyage.
Pourquoi cela ?
Vous le découvrirez dans quelques pages…

© 1986, Hachette

PIERRE PROBST

Caroline

au Pôle Nord

HACHETTE
Jeunesse

Chaque mercredi après-midi, Caroline et ses amis vont au zoo. Ils connaissent tout le monde : le gardien Séraphin, le crocodile Odile, le perroquet qui parle comme un perroquet, les singes coquins, les chameaux rigolos et bien d'autres animaux.

Ils viennent à passer devant la fosse aux ours quand ils entendent de drôles de bruits. Ils courent voir ce qui se passe et, au premier regard, découvrent un ourson, nouveau venu au zoo, qui pleure à fendre l'âme.

« Pauvre petit ! dit Caroline. Comment t'appelles-tu ? Pourquoi pleures-tu ?

– Je m'appelle Pouchka... »

Et il raconte sa triste histoire. Sa maman était partie à la chasse quand un explorateur l'a trouvé dans la neige.

«Il m'a dit que j'allais attraper un rhume, puis il m'a emporté sur son bateau.

– Tu es un ours ! dit Boum. Il fallait te défendre !

– Je suis trop petit, répond Pouchka. Et puis le monsieur m'avait promis que je serais plus heureux dans son pays que sur ma banquise au pôle Nord. Mais ce n'était pas vrai ! Le gardien m'a mis au soleil sur ce rocher et, depuis, tout le monde vient me regarder pleurer !»

Ce n'est pas une vie pour un ourson que cette vie-là ! Il faut agir, et vite ! Caroline rassure Pouchka. Pipo prend un lasso et, hop ! le tour est joué.

Casquette sur la tête, lunettes de soleil sur le nez, un ourson blanc nommé Pouchka s'évade du zoo, incognito…

Dès le lendemain matin, l'expédition «Caroline» embarque sur le *Oui-ou-non,* un cargo qui fait route vers le pôle Nord. Chacun est sûr que Pouchka retrouvera bientôt sa maman. De jour en jour, la température baisse. Brrr. Quel froid ! On se réchauffe comme on peut.

«Terre ! hurle Pitou après deux semaines de navigation.

– Où vois-tu la terre ? demande Caroline. Moi, je ne vois que des plaques et des rochers de glace.»

Mais si ! C'est bien la terre qui est en vue. Très froid et tout blanc, voici le pays de Pouchka.

Impossible d'atteindre la côte avec le *Oui-ou-non :* il se briserait sur les blocs de glace. Heureusement, de gentils Esquimaux se chargent d'emmener Caroline et ses amis jusqu'à la terre ferme. Vite, on dit au revoir au capitaine du cargo, en lui rappelant de repasser par là à la fin du printemps, et c'est le départ. Bobi et Youpi ne sont pas très rassurés, mais Kid, lui, est ravi.

« Comme elles sont jolies ces pirogues ! » s'exclame-t-il.

Quel nigaud ! Il se croit en Afrique ! Car ces canots ne sont pas des pirogues, mais des kayaks en peau de phoque.

Quel bel accueil font les Esquimaux de Kilikili à Caroline et ses amis ! Ils leur offrent des biftecks de baleine gelés… plutôt durs à manger. Ils les invitent aussi à jouer. Boum et Kid s'amusent au bilboquet, mais aïe ! aïe ! aïe ! ça fait mal quand l'os vous retombe sur la tête ! Pipo s'entraîne à lancer le harpon, tandis que Noiraud refuse de monter sur le dos d'un chien de traîneau.

Et Pouchka, que fait-il ? Il raconte son histoire à Moustachadouzpat, le chef du village.

« Voici un traîneau et des vivres, dit le lendemain matin Moustachadouzpat. Marchez plein Nord et vous arriverez au pays des ours. »

Aussitôt l'expédition se met en route. Mais une heure plus tard, oh ! là ! là ! On glisse sur le dos ou le ventre sans pouvoir s'arrêter.

Catastrophe ! Pouf est tombé dans une crevasse et, comble de malchance, il a perdu la boussole. Désormais, pour atteindre le Nord, il ne faudra plus quitter des yeux l'Étoile polaire…

BISCUITS
JOURNAL

« Dixième jour de marche, écrit Caroline dans le journal de bord de l'expédition. Plus on va vers le nord, plus il fait froid. Le thermomètre exagère : 40 degrés en dessous de zéro ! J'ai les doigts aussi raides que mon crayon. La nuit dernière, les griffes de Kid ont gelé. On ne sait plus que faire pour se réchauffer ! Un seul parmi nous est aux anges : c'est Pouchka. "Quel temps merveilleux !" répète-t-il à longueur de journée. Il est d'autant plus content que nous avons découvert des empreintes d'ours. "Ce sont sûrement celles de maman !" a-t-il crié en sautant de joie.

Aujourd'hui, nous avons enfin réussi à construire un igloo parfait. Le premier s'était effondré sur nos têtes pendant la nuit ; le second était bien rond, mais impossible d'y entrer !

Nous avions oublié de percer la porte !

Celui-ci est un vrai petit chef-d'œuvre sous lequel nous irons dormir tout à l'heure. À la queue leu leu, nous y entrerons en baissant la tête. Ainsi, bien des bosses seront évitées ! »

Hélas ! pendant la nuit, la tempête a soufflé et la neige a recouvert les empreintes des ours.

« Nous retrouverons ta maman, Pouchka, assure Caroline. Mais pour l'instant, il y a plus grave : nos provisions sont épuisées. Alors si nous voulons manger, nous devons commencer par pêcher. »

Plus facile à dire qu'à faire ! Les poissons sont méfiants…

Soudain, sans prévenir, la glace craque, se fend et éclate en mille morceaux. Youpi tombe à l'eau, Noiraud et Bobi s'en vont à la dérive chacun sur un glaçon. C'est horrible ! Il faut faire quelque chose.

Caroline organise le sauvetage, et parvient finalement à rassembler tout son petit monde autour de l'igloo.

Les chiens de Moustachadouzpat aboient des adieux plaintifs tandis que s'éloigne la petite île blanche. Où s'achèvera son voyage ?

« Terre ! Terre ! s'écrie tout à coup Youpi. Nous sommes sauvés ! »

Et il s'élance sur la montagne qui vient d'apparaître devant lui, suivi de Kid brandissant le drapeau de l'expédition.

Mais que se passe-t-il ? La montagne bouge et pousse un mugissement épouvantable. C'est aussitôt la débandade générale.

« Quelle fuite ! écrit le soir même Caroline dans le journal de bord. Et quels éclats de rire ! Ce que nous avions pris pour la terre était en fait un vieux morse bien paisible venu respirer un bol d'air… »

« Huitième jour de navigation… Pas un navire en vue. Nous avons tous le ventre creux. Kid et Pitou rêvent d'attraper une baleine. Pouchka appelle sa maman à perdre haleine, jour et nuit. »

Caroline repose son crayon quand elle pousse un grand cri : le *Oui-ou-non* vient d'apparaître à l'horizon ! Mais au même instant :

« Au secours ! Un monstre ! » hurle Noiraud à se casser la voix.

Jambes par-dessus têtes, les naufragés se précipitent dans l'igloo.

Terrorisés, Caroline et ses amis se sont pelotonnés les uns contre les autres tout au fond de l'igloo. Mais voici que la petite île de glace penche, penche... comme si elle allait chavirer.

«Il est tout blanc, il est très méchant, sanglote Noiraud. Il monte sur notre radeau pour nous manger tout crus...»

C'est alors qu'une bonne grosse tête blanche aux yeux noirs et gentils apparaît à l'entrée de l'igloo.

« Maman ! C'est maman ! » crie Pouchka.

D'un bond, l'ourson est hors de l'igloo. Il saute dans les bras de sa mère et tous deux ne forment plus qu'une grosse boule de fourrure blanche toute douce. À coups de languette rose et de langue bleue, ils s'embrassent à qui mieux mieux.

Devant ce spectacle attendrissant, comment ne pas avoir les larmes aux yeux ?

Peu après, le *Oui-ou-non* et la petite île de glace sont rangés bord à bord.

« Tout s'est bien passé ? demande le capitaine.

– Mission accomplie ! annonce Caroline avec fierté. Voyez vous-même ! » ajoute-t-elle en désignant Pouchka au côté de sa maman.

Bientôt, trois coups de sirène retentissent. L'heure des adieux a sonné.

Des adieux, vraiment ? Non ! Des au-revoir seulement. Car un jour, c'est certain, Caroline et ses petits amis reviendront au pôle Nord pour voir le joli ourson blanc qui, un mercredi après-midi, s'évada d'un zoo, incognito !

Imprimé en France par I.M.E. - 25110 Baume-les-Dames
Dépôt légal n° 1118 - Septembre 1992
22-10-1970-06/7
ISBN : 2-01-010400-5
Loi n° 49-956 du 16 juillet 1949 sur les publications
destinées à la jeunesse - Dépôt 09-92